تاريخ الميلاد

إعداد وتحرير: رأفت علام

مكتبة المشرق الإلكترونية

صدر في نوفمبر ٢٠١٩ عن مكتبة المشرق الإلكترونية – مصر

Table of Contents

نص النبوءة

امتدت الصحراء شاسعة، مترامية الأطراف إلى ما لا نهاية، أمام ذلك النسر القوي، الذي فرد جناحيه العظيمين، وراح يحلق فوق تباب الرمال في عظمة وشموخ، حتى التقطت عيناه صورة ذلك الجسد المتهالك، الملقى وسط الصحراء القاحلة، فانقض عليه، ممنيًا نفسه بوجبة شهية، لولا أن ندت من ذلك الجسد حركة ضعيفة واهنة، جعلته يتراجع، ويطوي جناحيه بعيدًا، وعيناه تتابعان حركة ذلك الجسد، في انتظار أن تخمد أنفاسه، فينقض عليه، ويفترسه، مشبعًا نداء الجوع في غريزته الصماء ..

وتحركت عينا ذلك الجسد المسجى، والتقتا بعيني النسر لحظة، وهما تحملان تعبيرًا جامدًا متهالكًا، أنهكته وأثخنته جراح لاحصر لها ..

وانطلقت أفكاره بعيدًا ..

إلى حيث بدأت تلك الأحداث، التي ألقت به في هذا الموقف اليائس ..

إلى البداية

توقفت سيارة من نوع (الجيب)، تتبعها سيارتان من طراز نصف النقل، في تلك المنطقة المقفرة من صحراء (مصر) الغربية، وهبط منها الدكتور (علاء كامل)، عالم الآثار المصرية، وهو يقول لزميله الدكتور (منير محمود) :

- هنا برز أعظم كشوف الربع الأخير من القرن العشرين يا صديقي.

هبط الدكتور (منير) خلفه، وتبعته زميلتهما الدكتورة (منال عبد الخالق)، وهي تتطلع إلى جدار ضخم، برز من حفرة في رمال الصحراء، وهو يحمل تلك النقوش الهيروغليفية، التي تشير إلى كونه مدخلًا لمقبرة فرعونية جديدة، وغمغمت في انبهار:

- الباب سليم، وهذا يعني أن المقبرة لم تفتح من قبل.

هتف الدكتور (علاء) في حماس:

- إنها حالة نادرة أخرى، بعد مقبرة (توت عنخ آمون)، ولكن هذه تختلف.. إنها أعظم حتمًا.

سأله الدكتور (منير) في تشكك:

- كيف يمكنك أن تقول هذا؟

هتف الدكتور (علاء):

- سترى بنفسك.
وجذبه من كفه نحو باب المقبرة الحجري، وتبعتهما الدكتورة (منال)، وهي تقول في حذر العلماء:
- لاحظ أن كشوف مقبرة (توت عنخ آمون)، ما زالت تبهر العالم حتى الآن.
لوح (علاء) بكفه، هاتفًا:
- هراء.. مقبرتنا هذه ستحطم الدنيا.
ثم أشار إلى نقش مميز في منتصف الباب، مستطردًا في حماس:
- انظر.. حالة فريدة في نوعها.. ثلاث خراطيش ملكية دفعة واحدة.. هل رأيتما مثل هذا من قبل؟.. هل ورد ذكره في أي مرجع من مراجع علم الآثار؟
ثبت الدكتور (منير) منظاره الطبي فوق أنفه، وهو يحدق في الخراطيش الملكية الثلاث، مغمغمًا في انبهار:
- لا.. لم يحدث ذلك قط في الواقع.
وهتفت الدكتورة (منال):
- إنه أمر شديد الغرابة حقًّا، فوجود ثلاث خراطيش ملكية يعني وجود ثلاث مومياوات ملكية في هذه المقبرة، ولم يحدث أبدًا أن وضع قدماء المصريين ثلاثة من موتاهم في مقبرة واحدة، خشية أن تقلق الأرواح بعضها البعض عند البعث، أو أن تختلط الأحشاء عندما تعود الروح إلى الجسد، بحسب معتقداتهم..
ارتسمت ابتسامة واسعة على شفتي الدكتور (علاء)، وهو يقول:
- وهنا تكمن روعة الكشف.
وشمله الحماس، فراح يلوح بكفيه، مستطردًا:
- كشفنا لهذه المقبرة الفريدة في نوعها، وفي مكانها، سيهدم كل نظريات العصور الفرعونية رأسًا على عقب، ومن المدهش أن يتم كشف هذه المقبرة بالمصادفة البحتة، خلال عملية بحث عن البترول الخام.. أليس معجزة؟
أجابته الدكتورة (منال):
- بلى.. وهو أمر مثير للحيرة حقًّا، فتلك المقبرة توجد في منطقة نائية، بعيدة عن كل جبانات العصور الفرعونية، حتى أنني أكاد أجزم بكونها منفردة، ثم إنه ما من أثر لوجود حياة حياة حولها، فلماذا يختار قدماء لمصريين منطقة منعزلة كهذه، لدفن ثلاثة من ملوكهم في مقبرة واحدة؟
أشار الدكتور (علاء) إلى الباب الحجري للمقبرة، هاتفًا في حماس:
- سنجد الجواب خلف طن هذا الأحجار هذا.

وارتسمت على شفتيه ابتسامة خبيثة، وهو يستطرد.

- الآن.

ارتفع حاجبا الدكتور (منير) في دهشة في حين هتفت الدكتورة (منال) :

- كيف؟.. من المفروض أن ننتظر قدوم لجنة خاصة، وبعض الخبراء، و..

قاطعها وهو يلوح بكفه:

- هراء.. إنها كشفنا نحن، ونحن سنشبع فضولنا منها أولا.

ثم أشار للرجال الذين يمكثون في السيارتين نصف النقل، قائلًا في حماس:

- هيا يا رجال.. افتحوا الباب.

هبط الرجال من السيارتين، وراحوا يعملون على رفع الباب الحجري الضخم، في تعاون تام، بحيث صارت أكفهم كلها ترفعه في آن واحد.. في حين غمغم الدكتور (منير) في اعتراض متخاذل، لم ينجح في إخفاء رنة اللهفة والفضول في صوته:

- أظن أن هذا غير قانوني.

أجابه الدكتور (علاء)، وهو يراقب عملية رفع الباب الحجري في لهفة:

- عظمة الكشف ستداري كل الأخطاء.

رفع الرجال الباب الحجري في تلك اللحظة، فتصاعد من المقبرة الملكية، التي ظلت مغلقة طيلة آلاف الأعوام، رائحة رهيبة، اختلطت بعبق عطري عجيب، جعل الدكتورة (منال) تطلق شهقة قوية، وهي تهتف:

- رباه!! إنني لم أشتم مثل هذه الرائحة أبدًا.. إنها تبدو أشبه بـ.. بـ ..

قاطعها الدكتور (منير) في رهبة:

- برائحة الموت.

التفتت إليه في حدة ودهشة، إلا أنها لم تلبث أن تمتمت في خوف مبهم:

- صدقت.

هتف الدكتور (علاء)، وهو يناول كلا منهما مصباحًا يدويًا:

- خذا.. هيا بنا.. لا وقت لتلك المناقشات البوهيمية، هناك كشف تاريخي ينتظرنا.

تقدم الثلاثة نحو المقبرة في رهبة، وخطا الدكتور (علاء) داخلها وهو يقول في انفعال :

- لقد تلاشت الرائحة تقريبًا ..

غمغمت الدكتورة (منال) في توتر:

- لست أظنها ستفارق أنفي أبدًا

تجاهل الدكتور (علاء) قولها، وهو يدير مصباحه اليدوي في المكان، مغمغمًا في ضيق.
- عجبًا، لا توجد أية أوان أو حلى ذهبية، في حين تؤكد كل الشواهد أن باب المقبرة لم يفتح من قبل.
تمتم الدكتور (منير):
- ربما لم يضعوا معهم حليًا ذهبية، أو...
قاطعة الدكتور (علاء) في حقق:
- محال.. كل الملوك توضع كنوزهم معهم في مقابرهم..
هتفت الدكتورة (منال) في هذه اللحظة:
- انظرا!!
أدار الاثنان ضوء مصباحهما نحو ضوء مصباحها، وهتف الدكتور (علاء) في حماس هائل:
- ثلاثة توابيت.. يا للروعة!.. كيف أعلم أننا سنجد هنا كشفًا فريدًا.
رفع الدكتور (منير) ضوء مصباحه إلى حائط المقبرة، الملاصق لرؤوس التوابيت الثلاثة، وهو يقول:
- هناك رسالة أيضًا.
هتف به الدكتور (علاء):
- دعني أقرأها.
وراحت عيناه تجريان على النقوش الهيروغليفية، وهو يقول مترجمًا إياها إلى العربية في يسر اكتسبه من طول خبرته:
- «في هذا اليوم الكئيب، بعد تمام العام الأول من هبوط آلهة النار على أرضنا، وبعد انتشار لعنتهم بين شعبنا، قضى أبناء الفرعون الأعظم نحبهم، ولهم غفران آلهة الشمس، ولقد ولدوا معًا في يوم احد، وماتوا معًا في يوم واحد.. وبعد خمسة آلاف عام، سيدنس قبرهم ثلاثة من البشر، ولدوا في يوم واحد، وستحل عليهم اللعنة، ويموتون في يوم واحد، ولكن أحدهم سينقذ العالم من لعنة آلهة النار قبيل موته..» .
انتهى الدكتور (علاء) من ترجمة النبوءة، وران على المقبرة صمت تام، قطعه صوت الدكتور (منير)، وهو يقول في عصبية.
- هراء.
أجابته الدكتورة (منال) في شحوب:
- ولكن تلك النبوءة تحمل جزءًا من الحقيقة، كنا نتندر به دومًا، وأنت تدركه جيدًا.

لوح بكفه قائلًا في حدة:
- ولو.. لن تنجح قوة في الأرض في دفعي إلى الإيمان بلعنة الفراعنة هذه.. فلا وجود لعالم آثار ناجح، يؤمن بتلك الخرافة.
هتفت به في عصبية:
- أتؤمن حقًّا بكونها مجرد خرافة؟
تمتم الدكتور (علاء) في توتر:
- ربما هي مجرد مصادفة.
هتفت مستنكرة:
- مصادفة.. أنت تعلم أن عمر هذه المقبرة خمسة آلاف عام بالضبط، وهذا واضح من أسلوب بنائها ونقوشها، ثم هناك تلك المصادفة المخيفة.
وارتجف صوتها، وهي تستطرد:
- نحن الثلاثة من مواليد الثاني والعشرين من فبراير.. عام ألف وتسعمائة وستة وأربعين.. أي أننا بالمصادفة البحتة قد ولدنا في يوم واحد.
وازدادت ارتجافة صوتها في شدة، وهي تردف في صوت أقرب إلى البكاء:
- ولقد أصابتنا اللعنة معا.. لعنة الفراعنة ..

الكابوس ..

كانت تلك الليلة كئيبة حقًّا، وقد اجتمع العمال حول كومة من الأعشاب المشتعلة، واجتمع علماء الآثار الثلاثة حول كومة أقل حجمًا.. وساد سكون عجيب اشترك مع المقبرة المفتوحة، على قيد أمتار في صنع مشهد مخيف، قطعه الدكتور (علاء) وهو يقول في ضيق:

- حسنا يا دكتورة (منال)، إنني أعترف بأنه من عجائب الأمور أن يجتمع ثلاثة من علماء الآثار، يتفق تاريخ مولدهم تمامًا.. ويفتحون مقبرة تحمل نبوءة بمثل هذا المعنى، ولكن الأمر في رأيي لا يتعدى كونه مصادفة بالغة التعقيد.

هزت رأسها نفيًا في عناد وهي تقول:

- لن يمكنك إقناعي بهذا أبدًا، فالمصادفات لا تبلغ مثل هذا الحد.

اندفع الدكتور (علاء) يقول في حنق:

- اسمعي يا دكتورة (منال)، سأكرر لك ما سبق أن قلت: لا وجود لعالم آثار ناجح، يصدق لعنة الفراعنة هذه.

التفت إليه تقول في حزم:

- حقًّا..!؟!.. أخبرني إذن لماذا وضعت هذه المقبرة في مكان منعزل كهذا، يخلو من أية مقابر مجاورة، ومن أية آثار للحياة؟.. لماذا تم وضع ثلاث موميـاوات في قبر واحد؟.. لماذا خلت المقبرة من أية حلي أو أوان ذهبية؟ .. أين ذهبت أحشاء الموميـاوات، التي يتم حفظها إلى جوارها عادة في أوان خاصة؟.. هل تجد الجواب على كل هذا؟!.. لن تجده بالطبع.. اسمع رأيي أنا إذن.. إنني أرى أن كل هذه الأمور عجيبة، لا تجتمع أبدًا في ظروف عادية، ولست من هواة تصديق المصادفات الشديدة التعقيد كهذه.. ولو أنك تصر على العناد فهذا شأنك، أما أنا فسأصدق هذه النبوءة، حتى ولو حرمني هذا من صفة (العالم الناجح).

ران الصمت لحظة، ثم لوح (منير) بكفه، قائلًا:

- حتى ولو صدقنا النبوءة، لا يوجد ما يخيف، فلا أحد يدري متى تتحقق، ومتى نموت.

قالت في حزم:

- هذا يتوقف على نوع اللعنة.

قاطع الدكتور (علاء) حديثهما في صرامة:

- كفى.. حديثكما هذا يصيبني بالاكتئاب.

ثم نهض مستطردًا في توتر:
- ثم إنه من الضروري أن نأوي إلى فراشنا، فلدينا مهمة شاقة غدًا.
قالها، واتجه إلى خيمته في حزم، فتمتم الدكتور (منير)، وهو ينهض بدوره:
- نعم.. أمامنا غدًا عمل شاق.. فسنفحص المومياوات الثلاث.
وتبع الدكتور (علاء)، وابتلعتهما الخيمة معًا، فنهضت (منال) بدورها، واتجهت إلى خيمتها في صمت، ولم تكد تلجها، حتى ألقت جسدها فوق فراشها الصغير، مغمغمة:
- ولكن من منا سينقذ العالم من اللعنة؟.. من؟
والعجيب أنها - وعلى الرغم من توترها - سقطت من نوم عميق..
وفي نفس اللحظة، كان الدكتور (منير) يتقلب في فراشه، وهو يفكر في أمر تلك اللعنة، التي انتظرتهم خمسة آلاف عام، فهو - ولأول مرة - يميل إلى تصديق نبوءة من نبوءات قدماء المصريين، ربما لأنها تنطبق على حالتهم على نحو لا يتطرق إليه الشك ..
صحيح أنه يحاول التظاهر بالعكس، ولكنه يدرك جيدًا أن الدكتور (علاء) يفهمه، ويفهم محاولاته لإخفاء خوفه وتوتره ..
وإلى جواره، شعر بحركة الدكتور (علاء)، وتقلبه في فراشه، فلم يذق هذا الأخير النوم أيضًا ..
إنه أيضًا يصدق النبوءة، ولكنه يخشى الاعتراف بذلك، حتى لا يجرح كرامته العلمية، أو يخدش خبرته المعهودة ..
إن تطابق النبوءة الرهيب مع الواقع يثير رجفة في أوصاله، ورعشة في عروقه، حتى ليكاد يغادر الفراش، ويهرع إلى أقرب سيارة، فيستقلها، وينطلق هاربًا ..
ولكن فضوله العلمي يمنعه ..
وكذلك عقله ..
لقد فتح مع زميليه المقبرة بالفعل، ولو أن اللعنة تقصدهم، فقد أصابتهم وانتهى الأمر ..
المهم أن يعرف لماذا؟.. وماذا؟ ..
لماذا تصيبهم، وما هي اللعنة نفسها؟ ..
وعند تلك النقطة طافت صورة الدكتورة (منال) بذهنه ..
ترى هل نجحت في النوم، أم أنها مثله تعاني من أرق رهيب؟ ..
ولم يدرك لحظتها أن (منال) كانت غارقة في نوم عميق ..
ذلك النوم الذي تنبت فيه الأحلام ..

والكوابيس ..
لقد رأت - فيما يرى النائم - نفسها تتجه وحدها إلى المقبرة، وتلجها في خوف، وسط ظلام دامس، ثم رأت ضوءًا أخضر يغمر المكان.. وارتجف قلبها في رعب هائل عندما رأت أغطية التوابيت الثلاثة ترتفع، وتنهض منها تلك المومياوات الهائلة ..
وانطلقت تعدو في رعب، والمومياوات الثلاث تطاردها في شراسة، وبيد كل منها منجل من نار، تحش به رؤوس كل من يصادفها من البشر ..
وهي تجري وسط الصحراء ..
ثم فجأة تلحق بها مومياء، وترفع منجلها الملتهب لتحش رأسها ..
وتصرخ هي، ثم تمد يدها لتنزع تلك اللفائف الكتانية، التي تحيط برأس المومياء ..
يا للهول ..!!
يا له من وجه أسود بشع رهيب، مشوه إلى درجة مرعبة للغاية ..
ولم تحتمل بشاعة وجه المومياء ..
وهوى المنجل المشتعل على عنقها، و...
واستيقظت فزعة ..
استيقظت وهي تطلق شهقة قوية، وتمسك عنقها وكأنها تحميه من منجل النار ..
ثم وجدت نفسها في خيمتها، وسط سكون هائل، وارتجف جسدها عندما سمعت حارس المكان يسألها من خلف الخيمة في قلق:
- هل أنت بخير يا سيدتي؟
تمالكت نفسها، وهتفت به:
- لا.. لا شيء.. إنه مجرد حلم مزعج فحسب.
وتحسست عنقها في توتر، ثم زفرت في ارتياح، وعادت تلقي جسدها على الفراش ..
ما زال عنقها في موضعه ..
إنه مجرد حلم ..
مجرد كابوس، صنعه توترها الشديد ..
وفي هذه المرة عجزت عن العودة إلى النوم، فاكتفت بالاستلقاء في فراشها، وعقلها يستعيد كل الأحداث مرات ومرات.. حتى بدا لها الليل كدهر بلا نهاية، إلى أن أشرقت الشمس ..

ولم يكد ضوء الشمس يغمر المكان، حتى غادرت فراشها وخيمتها، وأدهشها إن وجدت زميليها قد استيقظا، وراحا يتبادلان حديثًا خافتًا، على نحو أشبه بالهمس، فاقتربت منهما تقول:

- صباح الخير، فيم تتهامسان؟!

اعتدلا وكأنما فاجأهما وجودها، وغمغم الدكتور (علاء):

- لا شيء.. لا شيء ..

اتخذت مجلسها إلى جوارهما، وابتسمت ابتسامة شاحبة، وهي تقول:

- كنتما تتحدثان عن النبوءة.. أليس كذلك؟

تبادلا نظرة مستسلمة، ثم غمغم الدكتور (منير):

- بلى.

وقبل أن يمنحها فرصة إلقاء سؤال آخر، استطرد :

- لقد استيقظ العمال.. سنتناول أقداح الشاي، ثم نفتح التوابيت لفحص المومياوات.. هيا.

تناول الثلاثة أقداح الشاي في صمت، ثم نهض الدكتور (علاء)، قائلًا:

- هيا ننتهي من هذا العمل السخيف.

وبناء على أوامره، راح كل العمال يعملون على إزالة الرمال من حول المقبرة، في حين انتقى هو ثلاثة منهم، وطلب منهم فتح التوابيت، وراح هو والدكتور (منير) والدكتورة (منال) يفحصون جدران المقبرة ..

وبينما انهمك الثلاثة في الفحص، راح العمال الثلاثة يخرجون المومياوات في حرص ..

وفجأة سقطت إحدى المومياوات أرضًا، وانحلت اللفائف عن وجهها، فالتفت العلماء الثلاثة إلى حيث سقطت المومياء، وصرخ الدكتور (علاء):

- حذار أيها الأغبياء.. إنها ..

بتر عبارته، وهو يحدق في وجه المومياء المكشوف في ذهول، شاركه إياه الدكتور (منير)، في حين تراجعت (منال) في رعب، حتى التصقت بحائط المقبرة، وانطلقت من حنجرتها صرخة هلع هائلة، قبل أن تسقط فاقدة الوعي ..

لقد كان وجه المومياء مشوهًا أسود اللون، بشع الخلقة.. تمامًا كما رأته في حلمها ..

سر اللعنة..

كانت ترتجف في شدة، وهي تهتف:

- اللعنة!.. لعنة الفراعنة.

أمسك الدكتور (منير) كتفيها، وراح يهزها في قوة، هاتفًا:

- استيقظي يا (منال).. لا توجد لعنات.. اهدئي ..

فتحت عينيها، وتطلعت إليه في رعب، وهي تهتف:

- اللعنة!! هل رأيت الوجه؟.. إنه مشوه!! بشع !!

أجابها في ضيق:

- هذا صحيح، ولكن في مثل مهنتنا ينبغي أن نتوقع مثل هذه الأشياء.

هتفت:

- ولكنني رأيته.. رأيته من قبل.

عقد حاجبيه، وهو يسألها في توتر:

- أين؟.. أين رأيته من قبل؟

- في كابوس.. كابوس أصابني ليلة أمس.

غمغم الدكتور (علاء)، في مزيج من الدهشة والاستنكار والحنق:

- في كابوس؟!

وزفر في ضيق، قبل أن يستطرد:

- اسمعي يا دكتورة (منال).. إنك متأثرة للغاية بتلك النبوءة، ومن الواضح أنك تفتقرين إلى القدر الكافي من النوم.. سنتركك في خيمتك الآن، وحاولي أن تستسلمي للنوم، فسيفيدك هذا كثيرًا.

سألته في توتر:

- والمومياوات؟!

أجابها في ضيق:

- سنفحصها أنا والدكتور (منير)، بعد أن ينتهي العمال الثلاثة من إعدادها.

تركها وانصرف مع الدكتور (منير)، في حين راح جسدها يواصل ارتجافته، وهي تحاول تذكر أين رأت ذلك الوجه البشع من قبل؟ وكيف؟ .. لقد رأته مرسومًا في مجلة.. مجلة علمية على وجه التحديد.. أو وصفه شخص ما من قبل.. أو..

برقت الفكرة فجأة في رأسها، فقفزت من فراشها وجذبت إليها حقيبتها، وراحت تقلب محتوياتها في لهفة، حتى عثرت على مجلة أمريكية متخصصة في علم الآثار، راحت تقلب محتوياتها في سرعة، حتى توقفت

عند صفحة شحب وجهها وهي تتطلع فيها إلى رسم تخيلي، يحمل نفس الوجه الأسود المشهوه الرهيب ..

وراحت تقرأ المقال في لهفة ..

كان عبارة عن ترجمة لواحدة من عدة برديات قديمة، كانت تحملها واحدة من السفن المسافرة من (مصر) إلى (بريطانيا)، في أثناء الحرب العالمية الأولى، فأغرقتها سفينة ألمانية، ولم يتم العثور على البرديات، المحفوظة داخل صندوق مغلق إلا منذ عدد قليل من السنوات ..

وكانت الترجمة تصف لعنة أصابت الأرض، حملتها بعض الآلهة القادمة من السماء، وراحت تنتشر انتشار النار في الهشيم، حتى نجح قدماء المصريين في وقف انتشارها بمعجزة وإلى جوار الترجمة، ذلك الرسم، الذي ابتدعه خيال فنان، لوجه رجل مصاب باللعنة، طبقًا لما جاء في البردية ..

وفجأة أضيء عقل الدكتورة (منال) بالحل ..

لقد عرفت السر ..

سر اللعنة ..

―――

هز الدكتور (علاء) رأسه في أسى، وهو يقول لزميله (منير):

ـ مسكينة هي (منال).. لقد تأثرت كثيرًا بتلك النبوءة.

هز (منير) رأسه بدوره، وقال:

ـ هل رأيت ما أصابها، عندما رأت وجه تلك المومياء؟ كانت كمن رأى شبحًا أسطوريًا، أو..

قبل أن يتم عبارته، اقتحمت (منال) الخيمة، هاتفة:

ـ وجدتها.. وجدتها ..

سألها الإثنان في دهشة:

ـ ماذا وجدت؟

لوحت بالمجلة في جيبها، مستطردة في انفعال:

ـ وجدت السر.. سر اللعنة!

حدق الدكتور (منير) في وجهها بدهشة، في حين هتف (علاء):

ـ ماذا تعنين؟

وضعت أمامهما رسم الوجه المشوه، وهي تقول:

- انظر.. هذه ترجمة لبردية قديمة، إنها تشرح كل شيء.. فقط علينا أن نقرأ ما بين السطور.

ثم أزاحت المجلة، مستطردة في انفعال:

- من الواضح أن قدماء المصريين تلقوا زيارة من كائنات فضائية هبطت على متن سفن فضاء ذات نيران صاروخية.. أطلقوا هم عليهم اسم آلهة النار، ولقد نقلت إليهم هذه الكائنات نوعًا نادرًا من الفيروسات، لا شبيه له على وجه الأرض، نشر طاعونًا رهيبًا، فتك بالآلاف.. وهو ما أطلق عليه القدماء اسم اللعنة.. ولقد نجحوا بسبب أو آخر في إيقاف انتشار المرض، وإن لم يقضوا عليه تمامًا.

هتف الدكتور (منير) في شحوب:

- هل تعنين؟

قاطعته في انفعال:

- بلا أدنى شك.. هذه المومياوات الثلاث مصابة بطاعون الفضاء الرهيب.. ومن الممكن أن يكون هذا الطاعون قادرًا على العيش في أجساد ضحاياه لآلاف السنين، أي أنه ما يزال يحمل قدرته على الفتك.

هتف (منير):

- إذن فتلك الرائحة، التي شممناها عند فتح المقبرة هي...

قاطعته مجيبة:

- هي نوع من موانع انتشار المرض.

غمغم الدكتور (علاء) في تردد:

- ولكن هذا الاستنتاج يبدو أقرب إلى واحدة من روايات الخيال العلمي، منه إلى استنتاج علمي محض.

هتفت به (منال):

- الخيال هو الطريق إلى الحقيقة.

غمغم متشككًا:

- ولكن هذه الـ..

قاطعته في حزم:

- دعك من شكوكك الآن، المهم أن نمنع أي مخلوق من لمس هذه المومياوات.

اتسعت عينا الدكتور (منير)، وهو يقول:

- ولكن العمال الثلاثة يعملون بها منذ ساعات.

صاحت به:

- امنعهم من الاختلاط بالآخرين إذن.. أسرع.

توقف لحظة مترددًا، ثم اندفع خارج الخيمة، فعاد (علاء) يهز رأسه، مغمغمًا:

- لا.. لن يقنعني هذا.

أجابته (منال) في حزم:

- إنه يقنعني أنا..

هز رأسه مرة أخرى، دون أن ينبس ببنت شفة، ولكن أعماقه كانت تمتلئ بشعور واحد..

الخوف..

_____

توقف (منير) عند باب المقبرة في تردد، وراح يلهث من فرط الانفعال، وهو يتطلع إلى العمال الثلاثة، الذين انتهوا تقريبًا من إعداد المومياوات، وسألهم السيطرة على نبراته ولهجته:

- هل عاونكم أحد في عملكم هذا؟

أجابه أحدهم في بساطة:

- لا.. إننا نعمل وحدنا.

تردد لحظة، ثم سألهم، محاولًا أن يبدو طبيعيًا:

- هل تناولتم المصل الواقي؟

رفعوا رؤوسهم إليه في دهشة، وفي خوف مبهم، وغمغم أحدهم:

- أي مصل واق؟

تظاهر بالدهشة، وهو يسألهم:

- ألم تتناولوه؟

هزوا رؤوسهم في حيرة وقلقن وغمغم آخر:

- لم يطلب منا أحد أن نفعل، حتى عندما كنا نستخرج مومياوات في عمليات سابقة.

أومأ برأسه بلا معنى، وقال:

- إنه إجراء جديد، ولهذا نسيه رئيس العمال. لا بأس.. على أية حال لن يمكنكم الاختلاط بالآخرين، قبل تطعيمكم، ومن الواضح أنهم قد نسوا المصل في (القاهرة).. ستنتظروننا هنا، حتى نعود إليكم به.

سأله أحدهم في توتر:

- ولم لا نصحبكم إلى (القاهرة)، ونتناوله هناك؟

أسرع يقول في حدة:

- لا..

ثم عاد يحاول السيطرة على صوته، وهو يستطرد:

- القوانين تحظر ذلك.

ورسم على شفتيه ابتسامة، مردفًا:

- سنترك لكم الكثير من المؤن، وستحصلون على أجر مضاعف، لقاء هذا الخطأ منا.

أثلج الحديث عن الأجر صدور العمال الثلاثة، فقال أكبرهم مبتسمًا.

- لا بأس يا سيدي.. إنه أمر بسيط.. سننتظر.

تنهد في ارتياح، وأسرع يغادر المكان، بعد أن أكد للعمال الثلاثة ضرورة عدم الاختلاط بالآخرين مطلقًا، وعاد إلى خيمة رفيقيه، مغمغمًا:

- لقد أتممت تلك المهمة البغيضة .

غمغمت (منال) في أسى:

- يا للمساكين!

زمجر (علاء)، وهو يقول:

- استنتاجك لم تثبت صحته بعد.

جلس (منير) يراجع أوراق العمال الثلاثة، وهو يقول في أسف:

- كم أتمنى أن تنفيه الأيام، و.....

شهق فجأة قبل أن يتم عبارته، فسألته (منال) في توتر:

- ماذا هناك؟

أجابها في انفعال:

- اسمعي.. إن تاريخ ميلاد العامل الأول هو الثالث من سبتمبر، عام ألف وتسعمائة وخمسة وأربعين، وتاريخ ميلاد الثاني هو أيضًا الثالث من سبتمبر، عام ألف وتسعمائة وتسعة وثلاثين، أما تاريخ ميلاد الثالث فهو الثالث من سبتمبر، عام ألف وتسعمائة وخمسين.

صاح (علاء):

- يا إلهي!!.. هل تعني..؟

قاطعه في ارتياح:

- نعم.. إنهم هم الذين ستصيبهم اللعنة لا نحن.. هم الذين دنسوا المقبرة بفتح التوابيت، وهم الذين لمسوا المومياوات الملوثة.. لقد نجونا.. لقد نجونا.. ولكن قلب الدكتورة (منال) لم يشعر بالارتياح لهذا.. لم يشعر به أبدًا..

———

الحقيقة..

شعرت (منال) بموجة من تأنيب الضمير تغمرها، وهي ترقد في خيمتها في تلك الليلة، بعد أن رحلت قافلة البحث بعيدًا عن المقبرة، تاركة العمال الثلاثة المنكوبين فيها.. وراح عقلها يحاول هضم فكرة نجاتها من اللعنة، دون أن يقنع عقلها الباطن بهذا..

وعندما طال أرقها، غادرت فراشها وخيمتها، واتجهت إلى حيث يجلس خفير المعسكر، الذي لم يكد يلمحها حتى هب واقفًا، فقالت في هدوء:

- اجلس.. إنما أتيت أشاركك قدحًا من الشاي.

هتف في حماس:

- على الرحب والسعة.

راح يعد لها قدح الشاي في سرعة، وهو يسألها:

- هل سنعود إلى المقبرة يا سيدتي؟

أجابته في ضيق:

- بالطبع.

سألها في تردد:

- وهل سنعيد زملاءنا الثلاثة؟

رفعت عينيها إليه في دهشة، قبل أن تسأله:

- لماذا تلقي هذا السؤال؟

أجابها مترددًا:

- يقول العمال إن زملاءهم الثلاثة قد أصابهم مرض خطير من تلك المومياوات الملعونة.. وأن القافلة قد أسرعت بالرحيل بعيدًا عن المقبرة لهذا السبب، وتركتهم أيضًا هناك للسبب ذاته.

لم تجد في نفسها ميلًا للإجابة، فلاذت بالصمت لحظات، ثم سألته بغتة:

- أخبرني يا رجل، ما تاريخ مولدك، المدون في أوراقك؟

أجابها في دهشة:

- إنه الثالث من سبتمبر، عام ألف وتسعمائة واثنين وثلاثين يا سيدتي.. لماذا تسألين؟

- أكل العاملين هنا من مواليد الثالث من سبتمبر هذا؟

أجابها في حيرة:

- كلا بالطبع، ولكن أوراقهم الرسمية تحمل هذا التاريخ.

هتفت في حدة:

- لماذا؟

هز كتفيه، مجيبًا:

- لأنهم جميعًا لم تكن لهم شهادات ميلاد رسمية؛ لذا فقد تقدموا بطلب تسنين، عندما أرادوا الحصول على أوراق رسمية للعمل معكم، وتم تسنينهم جميعًا في جلسة الثالث من سبتمبر، وعندما يتم تسنينهم، يمنحهم الطبيب المسؤول تاريخ ميلاد يوافق التسنين، مع العام المقترح لأعمارهم، وهكذا ستجدين الجميع يحملون تاريخ الثالث من سبتمبر، وهو تاريخ جلسة التسنين.. هذا هو القانون.

اتسعت عيناها في ذعر، ثم قفزت فجأة، وانطلقت تعدو نحو واحدة من السيارتين نصف النقل، وراجعت بعض محتوياتها في لهفة، وبخاصة صندوقان صغيران، وأسرعت تحتل مقعد القيادة، فهتف بها الحارس في جزع:

- إلى أين يا سيدتي؟

صاحت به وهي تنطلق بالسيارة:

- سأعود إلى المقبرة.. من الضروري أن أفعل.

وعندما انطلقت بالسيارة وسط الظلام، كانت قد أدركت صحة جزء هام من النبوءة..

وعرفت من سينقذ العالم.

———

استيقظ الدكتور (علاء) في ذعر، على يد الحارس، وهي تهزه في توتر، وهتف به في حنق:

- ماذا هناك؟.. ماذا حدث؟

أجابه الحارس في قلق:

- لقد رحلت الدكتورة (منال).

خيل للدكتور (علاء) أنه لم يستوعب العبارة جيدًا، فقال وهو يعتدل جالسًا على فراشه:

- من؟

أجابه الحارس:

- الدكتورة (منال).. رحلت.

اتسعت عينا (علاء) في ذهول، وهو يهتف:

- رحلت؟.. إلى أين؟

أجابه الحارس:

- إلى المقبرة.. قالت إنها عائدة إلى المقبرة.

قفز (علاء) من فراشه، وصاح في ذعر:

- عادت إلى المقبرة؟!؟.. اللعنة!.. ولماذا أقدمت على هذه الحماقة؟

أسرع الحارس يقص عليه ما دار بينه وبين الدكتورة (منال) من حوار، فامتقع وجه (علاء) وغمغم ملتاعًا:

- يا إلهي!! إذن فلم يكن العمال الثلاثة هم المقصودين.. وإنما نحن.

تردد الحارس لحظة، ثم قال:

- لقد حملت الدكتورة معها بعض الأشياء.

سأله في توتر:

- مثل ماذا؟

أجابه الحارس وهو يخشى العقاب:

- لقد حملت معها صندوقين من الديناميت، وخمسين جالونًا من البنزين.

اتسعت عينا (علاء) في ذعر، وأدرك ما تنوي (منال) فعله، فهتف بالرجل في هلع:

- أسرع يا رجل.. أيقظ الجميع، وسأوقظ أنا الدكتور (منير)، وعلينا أن نهرع جميعًا إليها.

والتفت إلى (منير) يوقظه، مستطردًا في مرارة:

- المهم أن نصل في الوقت المناسب.

––––––

كانت بشائر الفجر قد لاحت، عندما وصلت (منال) إلى المقبرة، فأوقفت سيارتها، وقفزت منها، وحملت صندوقًا من صندوقي الديناميت في صعوبة، واندفعت نحو المقبرة، ولم تكد تلجها، ومصباحها يضيء لها الطريق، حتى أطلقت شهقة رعب، وتراجعت في حدة، فسقطت منها أصابع الديناميت أرضًا..

لقد رأت العمال الثلاثة جثثًا هامدة، وكل منهم يتشبث بالآخر، كما لو أنهم قد عانوا من عذاب رهيب، قبل أن يلقوا حتفهم..

وكانت وجوههم سوداء مشوهة بشعة.

وتراجعت مغمغمةً في ارتياع:

- إنه طاعون رهيب.. رهب.

زادها ذلك إصرارًا على إتمام مهمتها، فاسرعت عائدة إلى السيارة، وحملت صندوق الديناميت الآخر، وعادت تضعه وسط المقبرة، ثم راحت تمد فتيله الطويل قرابة العشرين مترًا، إلى حيث توقف سيارتها، ثم راحت تنقل جالونات البنزين في صبر، وترصها داخل المقبرة، متحاشية بقدر الإمكان رؤية وجوه العمال المشبوهة، وبعدها أسرعت عائدة إلى حيث يبدأ الفتيل المفجر، وفجأة تذكرت نقطة هامة ..

إنها لا تحمل ثقابًا لإشعال الفتيل..

هذه هي نقطة الضعف الوحيدة في خطتها..

«احترس يا (علاء).. إنك ستقتلنا ..»

قالها الدكتور (منير) في ذعر، عندما وجد زميله منطلقًا بالسيارة (الجيب) بأقصى سرعتها، وسط الصحراء، فأجابه (علاء) في توتر:

- المهم أن نلحق بـ(منال) قبل فوات الأوان.

هتف (منير) في حدة:

- مجنونة هي هذه المرأة!! كيف تقدم على هذا دون استشارتنا؟!

أجابه (علاء)، وهو ينطلق بأقصى سرعة، والسيارة التي تحمل العمال تحاول اللحاق به:

- لقد أدركت أننا المقصودون بالنبوءة، ويبدو أنها خشيت أن يلقى العمال الثلاثة حتفهم، ثم تبقى المقبرة مفتوحة، كبؤرة لانتشار الطاعون الرهيب، بواسطة عابر سبيل، أو حتى جرذ من جرذان الصحراء، فقررت نسفها تمامًا.

هتف (منير):

- إنها مجنونة.. إنها حتمًا كذلك.

ثم عاد يصيح في رعب:

- خفف من سرعتك يا رجل.

عض (علاء) على نواجذه، وهو يقول في حنق:

- إنها تسبقنا بساعة كاملة، ولابد من محاولة تعويض هذا الفارق، فلقد ظل ذلك الحارس الغبي مترددًا لساعة كاملة قبل أن يوقظني ويخبرني بما فعلت، ولو أيقظني في لحظتها لكنت..

قاطعه (منير) في عصبية:

- إنه القدر..

ران الصمت لحظة قبل أن يغمغم (علاء) في عصبية مماثلة:
- نعم.. إنه قدرنا.
وأضاف في صرامة:
- ونحن نحاول تغييره.
وزاد من ضغطه على دراسة الوقود..

شعرت (منال) بحنق شديد، وهي ترى خطتها كلها تفشل، بسبب عود ثقاب تافه، فاندفعت نحو السيارة، وتحول حنقها إلى سخط هائل، عندما كشفت عدم وجود قداحة السيارة الإليكترونية، فراحت تبحث في كل مكان فيها في جنون، وهي تهتف:
- لن يفسد كل شيء بسبب تافه كهذا.. مستحيل!!
وفجأة، وعلى نحو أشبه بالمعجزة، عثرت على علبة ثقاب ملقاة أسفل مقعد السائق، فاختطفتها في لهفة، وهي تهتف في انفعال:
- ستكون معجزة حقًّا لو كان بها ثقابًا.
ارتجف قلبها عندما فتحت العلبة، ووجدت داخلها عود ثقاب واحد، وغمغت في توتر:
- أنت الأمل الوحيد.. أرجوك.
انحنت نحو الفتيل، وأشعلت عود الثقاب في حذر، ثم دفعته نحو طرفه..
واشتعل الفتيل، وتراجعت هي هاتفة:
- لقد نجحت.
وفجأة قفز إلى ذهنها خاطر مخيف..
ماذا لو لم تحترق المومياوات وأجساد العمال عن آخرها؟
شعرت بحنق؛ لأنها لم تسكب البنزين على الأجساد، ثم لم تلبث أن عقدت حاجبيها في إصرار، وهي تقول:
- لم يفت الوقت بعد.
انطلقت تعدو في سباق مع الفتيل المشتعل، ولم تكد تبلغ المقبرة، حتى راحت تفتح عبوات البنزين، وتسكب محتوياتها فوق المومياوات وجثث العمال في سرعة، ثم انطلقت عائدة، وهي تقول:
- في هذه الحالة أضمن احتراقها، و...

ودوى الانفجار في قوة، وشعرت (منال) بضغط هائل في ظهرها، ووجدت جسدها يطير في عنف، ويرتطم بحافة السيارة في قوة، ثم يسقط أرضًا، على بعد أمتار منها..
واشتعلت النيران في المقبرة كلها..

لم يكد دوي الانفجار يبلغ مسامع (علاء)، حتى امتقع وجهه، وصاح في رعب:
- يا إلهي!.. (منال).
واندفع بسيارته على نحو مخيف، وصرخ به (منير):
- احترس.. تلك التبة.. إنك ستـ...
وقبل أن يتم عبارته، كانت (الجيب) ترتطم بتبة رملية قصيرة، ثم تقفز في الهواء وكأنها حيوان كانجارو نشط، ثم تنقلب مرتين، وتستقر على قمتها.. وأوقف سائق سيارة العمال سيارته، وانطلق الجميع يعدون نحو الجيب المقلوبة، وعندما بلغوها كان الدكتور (علاء) قد لقي مصرعه محطم الصدر أسفلها، في حين راح الدكتور (منير) يهتف في لوعة، وأنفاسه تضطرب في شدة:
- انقذوا الدكتورة (منال).. لا تتركوها.. انقذوها ..
أسرع العمال يحملونه إلى سيارتهم، وينطلقون نحو المقبرة، وهو يردد بصوت يزداد خفوتًا في سرعة:
- انقذوها.. انقذوها..
ثم لم يعد ينطق بحرف واحد.. فلقد فاضت روحه..

استعادت (منال) وعيها بعد لحظات من الانفجار، وشعرت وكأن جسدها قد تمزق إلى آلاف القطع، كان جسدها ملقى على رمال الصحراء فألقت نظرة ارتياح على المقبرة المشتعلة، وهي تغمغم:
- إنها اللعنة.. النبوءة..
وهنا رأت نسرًا ينقض عليها من السماء، فاستجمعت قواها لتصنع حركة مفاجئة، جعلت النسر يبتعد، ويقبع على مقربة منها، منتظرًا لحظة أن تلفظ أنفاسها الأخيرة، ليجعل منها وليمته..

وتحركت عيناها، والتقتا بعيني النسر لحظة، وهما تحملان تعبيرًا جامدًا متهالكًا، أنهكته وأثخنته جراح لا حصر لها..
وانطلقت أفكارها بعيدًا، إلى حيث بدأت الأحداث، ثم انتعش الأمل في قلبها بغتة، عندما لاحت لها سحابة غبار في الأفق..
إنهما زميلاها حتمًا..
لقد جاءا لإنقاذها..
وعلى الرغم من الضعف الشديد، الذي يزحف إلى جسدها في سرعة، راح الأمل ينتعش في قلبها رويدًا رويدًا، مع اقتراب سحابة الغبار..
ثم تذكرت النبوءة..
وخبا الأمل..
لقد أنقذت العالم من ذلك الطاعون القاتل..
ولكن النبوءة تقول أنها ستموت بعد أن تخلص العالم..
اقترب منها النسر ..
فنظرت إليه في وهن..
حاولت أن تنهض..
فلم تستطع..
كانت تقاوم الإغماء بكل ما بقي لديها من قوة وإصرار..
ولكن الضغط الهائل الناتج عن انفجار تلك القنبلة سبب لها نزيفًا داخليًا حادًا..
وتهتك في العديد من أعضاءها الداخلية..
فبدأ نبض القلب في التباطؤ..
وبدأت سحابة الغبار التي تراها تختلط بغشاوة.
وحين وصلت سيارة العمال.
كان المنظر رهيبًا..
كان النسر قد انتهى من انتزاع أنف الدكتورة (منال) بعد أن لفظت أنفاسها الأخيرة بلحظات..
وكان أصدقاؤه يحلقون فوق الجثة يمنون أنفسهم بوجبة عشاء دسمة..
ولكن النسر تراجع وطار هاربًا عند وصول السيارة ..
وعندما أقفلت السيارة عائدة إلى (القاهرة)، كانت تحمل داخلها تأكيدًا لنبوءة الفراعنة..
ثلاث جثث هامدة، لثلاثة علماء ولدوا في يوم واحد..
وأصابتهم اللعنة..

www.ingramcontent.com/pod-product-compliance
Lightning Source LLC
Chambersburg PA
CBHW072048170626
46811CB00008B/3216
9780463505045